MINECRAFT

我的世界

石剑传奇4

蜜蜂危机

[瑞典]魔赞公司 著
肖雨婷 译

MOJANG STUDIOS 官方授权

童趣出版有限公司编译 人民邮电出版社出版
北 京

图书在版编目（CIP）数据

我的世界．石剑传奇．4，蜜蜂危机 / 瑞典魔赞公司著 ; 童趣出版有限公司编译 ; 肖雨婷译．-- 北京 : 人民邮电出版社，2024．-- ISBN 978-7-115-64872-3

Ⅰ．I532.84

中国国家版本馆 CIP 数据核字第 2024WL1525 号

著作权合同登记号 图字：01-2024-2284

翻　　译：肖雨婷　　　　责任编辑：刘佳娣
执行编辑：于鹤云　　　　责任印制：李晓敏
封面设计：关昭昕
排版制作：北京天琪创捷文化发展有限公司

编　　译：童趣出版有限公司
出　　版：人民邮电出版社
地　　址：北京市丰台区成寿寺路 11 号邮电出版大厦（100164）
网　　址：www.childrenfun.com.cn

读者热线：010-81054177
经销电话：010-81054120

印　　刷：天津千鹤文化传播有限公司
开　　本：889×1194　1/32
印　　张：4.5
字　　数：85 千字
版　　次：2024 年 12 月第 1 版　2024 年 12 月第 1 次印刷
书　　号：ISBN 978-7-115-64872-3
定　　价：20.00 元

和朋友们一起，开启《我的世界》冒险之旅吧！

玩家

出场！

序　章

哈珀不想伤害那些蜜蜂。

但它们似乎不给她这个机会。

它们嗡嗡地围着哈珀，其中一只蜜蜂忽然脱离蜂群，直直地冲她飞去，尾部的毒刺瞄准了她的脸颊。

她立刻举起了盾牌，抵挡住了攻击。但她知道，还会有下一次。

身后忽然传来一阵嗞嗞声。**她猛地一回头，正好看见一只蜘蛛朝她扑来。**

“坏蛋蜘蛛！”她胡乱地用手拍着，终于将蜘蛛击退了几分，得到了些喘息的机会。也许她可以逃走……但嗡鸣声越发强烈，迫使她再度转身。又一只蜜蜂冲到她的盾牌上。

又一只，又来一只……

蜘蛛的嗞嗞声再次从背后传来，**她感觉到，蜘蛛已经很近了。**

她再一次转身……

再一次……

一次又一次……

这样下去，她坚持不了多久。

这是与昆虫们的战争，两方都想彻底击溃她。而最糟糕的是：如果她还击，那她和她的朋友们，甚至整个主世界，都会万劫不复。

第一章

是蜜蜂，还是大麻烦?
这可不是个该在大清早问的问题。

伍德斯沃德的校园里充斥着一种兴奋的嗡鸣声。

今天之前，哈珀一直不怎么理解嗡鸣声这个词。但此时此刻，站在学校的大草坪上，被同学包围的她终于明白了——**那是一大群学生同时低声说话所发出的声音**。他们的声音太轻，又太过密集，让哈珀无法辨别出任何字眼。但就是这样无数的声音堆叠在一起，在草坪上回荡……听起来，就像是蜜蜂发出的嗡鸣声。

哈珀所在年级的全体学生都被召集到了草坪上

参加集会。几百名学生同时兴奋地叽叽喳喳，而他们的班主任密涅瓦女士正准备点名。她看起来有些慌乱，**头发异常卷曲，眼里也透着些许紧张。**她喝了一大口咖啡，接着深吸了一口气。

“西奥？”她提高了嗓门，好让所有人都能听见，**“西奥·格雷森在吗？”**

“到！”西奥拨开人群挤了出来，手在空中挥舞，“我没迟到，真的！我只是有点儿迷路。”

密涅瓦女士在他的名字后面打了个钩。“哈珀·休斯顿？”她又问道。

“到！”哈珀说罢，便转过身去和西奥说悄悄话。

“怎么回事？”西奥问她，**“哪怕在伍德斯沃德……这也太反常了。”**

“没人知道到底怎么回事。”哈珀说，“但我确实听到密涅瓦女士刚才咕哝了两句，说什么这都是博士的错。”

“哦，不。”摩根·穆卡多边说边把班级仓鼠甜颊男爵搂在胸口，“如果牵扯到博士，那什么事都有可能发生了。她应该没有再把打饭阿姨换成机器人吧？工作人员花了好几个星期才把天花板上的茄汁肉末酱擦干净……”

小波偷笑出声。“这不算什么。”他说，“还记得她把计算机实验室变成蝴蝶谷那次吗？说不定这次，**整个学校都被她变成鬣鳞蜥保护区了！**”

茱迪·穆卡多——摩根的妹妹，闻言开心地将双手合在一起。“这听起来还挺可爱的。”茱迪说，毕竟茱迪喜欢各种各样的动物。

“对吧？”小波又咧开嘴，“鬣鳞蜥也是要上学的！”

哈珀扑哧一笑，**虽然她确信学校并没有被什么两栖动物或是机器人占领，**但有一件事，她的朋友们倒是说对了：卡尔佩珀博士——他们的科学老师，的确是个神秘的人物。不过哈珀并不介意，事实上，她非常仰慕博士。

忽然，一声响亮的鸣笛打断了哈珀的思绪，差点儿将她吓得魂不附体。她和草坪上的所有人一起齐刷刷地抬头，正好看见一辆卡车拐过转角，停在路边。而卡车司机正是卡尔佩珀博士！

这位科学老师又摁了两下喇叭，孩子们顿时爆发出一阵欢呼。看老师驾驶卡车确实是一种奇怪的乐趣。

博士从车上一跃而下，紧随其后的是一个坐在副驾驶座上的男人。**他头发花白，眼角挂着皱纹，脚蹬一双牛仔靴。**哈珀猜测，他就是这辆卡车的主人。

但卡车里装的是什么呢？卡车的车厢被一块巨大的防水布盖着，防水布下的东西完全是个谜。

“你们觉得那里面装着什么？”哈珀问道。

“鬣鳞蜥……或者小狗吧。”茱迪满怀期待地答道。

“机器人管理员。”摩根说道。

“外星飞船！”小波猜测道。

“什么都有可能。”西奥说罢，又思索了一番，“但好像不太可能是飞船。”

“Bonjour, mesétudiants!（这是一句法语意思是：同学们好！）”博士举起了一个高科技麦克风开始说话，但一开口就笑了，她赶紧按了个按钮，“哎呀，设置错了。再来一次。早上好，同学们！”

人群中的嗡鸣声瞬间汇成了一句齐刷刷的“早

上好”。

“我想向你们介绍一位我的朋友。”博士边说边指了指站在她身旁的那个男人。

“这位是夏恩先生。他有一份非常有趣的工作——一份需要他周游全国的工作。接下来的几周里，他会在我们镇上停留。此外，他还带来了几千位亲密的伙伴。”

博士朝男人眨了眨眼：“如果准备好了就开始吧，夏恩先生。”

夏恩先生抓住防水布的一角，用力一扯，布匹就掉了下来，露出里面层层叠叠的箱子。**箱子外面**

还有一些昆虫飞来飞去。

它们绕着卡车嗡嗡作响，抓紧每一个机会来探索周围的环境。

“是蜜蜂！”哈珀惊叫出声，她从未见过如此多的蜜蜂。

“夏恩先生是位养蜂人——更专业点儿的话，也可以叫他蜜农或蜂农。”博士对着麦克风说道，“他的卡车上装的是蜂箱，哪里有需要，他就会把蜂箱——连同里面的蜜蜂一起搬过去。”

“哪里有需要？”摩根对他的朋友们说，“蜜蜂不是害虫吗？”

“我不知道。”茱迪说，**“我喜欢动物，但是会叮人的昆虫确实不太可爱。”**

西奥赶紧冲他们“嘘”了一声。“我还要仔细听呢！”他说。

哈珀感激地冲他点点头，她也想要听听博士还会说些什么。

“看得出来，你们有很多问题。”博士说，“这是好事！**这周的科学课上，我们会多聊聊蜜蜂。”**接着，她将麦克风递给夏恩先生。

“蜜蜂是非常迷人的生物。”他说，“它们对生态系统来说很重要。我毕生都在研究它们，但时至今日，它们依然还在教我各种新东西。”

“夏恩先生需要在今天上午把卡车开到镇上的果园里去。”博士说，“但他答应会留一个蜂箱给我们保管几天。这个蜂箱会作为图书馆的财产放在学校对面，我们也能帮着照看——说不定还能学到

点儿东西呢。”她将一只手放在夏恩先生的肩膀上，“所以请大家一起向夏恩先生保证，保证会照顾好他托付给我们的蜜蜂。能做到吗？”

“能做到！”哈珀和其余学生一起大声说道。但话音刚落，她就感到一丝焦虑。到底要怎么照顾蜜蜂呢？她该怎么保护它们免受伤害呢？

哈珀感到如芒在背，这项工作可能会比想象中艰难许多。

第二章

与动物做朋友的秘诀？多来点儿关怀！

“我觉得我们得谈谈天空里那个断口的事。”哈珀说。

此刻，大家都聚集在《我的世界》里——不是单纯地用电脑玩游戏，而是亲身进入游戏中。哈珀和她的朋友们只要戴上被博士改装过的 VR 眼镜，就能进入超级真实的游戏世界中。每每站在《我的世界》的土地上，哈珀都会忍不住啧啧赞叹。多亏了博士先进的科技，他们最喜欢的游戏才能如此真实！

但现在，她担心在《我的世界》中，有很

糟糕的事情要发生了。

“我们非得关注些不好的事吗？”小波抱怨道，**“我已经很‘哞哞不乐’了。”**

小波喜欢用不同皮肤来展现自己的个性。今天，他就是用一身哞菇的打扮，来致敬他们此前的临时“队友”——一头身上长着蘑菇花色、名叫麦克吉的牛。“我好想念它。”小波说。

“它确实是很不错的团队成员。”茱迪说，“但如果不跟着我们到处乱跑，它反而会更安全，毕竟我们经常要战斗。”

“再说了，讨论断口也不是什么‘不好的事’”摩根争辩道，“如果我们想找到解决办法，首先就得承认有问题。”

“最需要做的还是找到大唤魔者的碎片。”西奥说，“其实应该叫‘唤魔小兵’，**至少我是这么称呼他的碎片的。”**

他有些忧虑地望着头顶上方的大断口：“想要

将这个地方从灾难边缘拉回来，最大的希望就是找到所有的‘唤魔小兵’。”

哈珀觉得，西奥是知道自己在说什么的。作为团队中唯一的程序员，西奥曾经花了很长一段时间来研究游戏的核心代码，也正是他搞清楚了大唤魔者的遭遇。大唤魔者是住在这版《我的世界》里的人工智能体，一开始是敌人，后来成了大家的朋友。不久前，**大唤魔者的核心分裂成了六块不同的碎片**，这些碎片化作六种奇特的生物。到目前为止，哈珀和她的朋友们已经遇见了其中的三块，并成功恢复了大唤魔者一半的代码。

现在还需要找到另外三块碎片才能拯救大唤魔者……必须将他整个复原，才能防止剩下的程序彻

底崩溃。

艾希·卡普尔是小队的第六名成员，今天，她也加入了执行搜索任务的行列。艾希住在另一座城市里，**但在虚拟世界中，距离无关紧要。**哈珀感觉自己就真实地站在艾希身边，于是伸出手臂，环住了艾希的肩膀。虽然她所触碰到的只是一个虚拟形象，但这种触感十分踏实。

“真高兴你来了。”哈珀对她说，“多一双眼睛总归是有用的。”

“没什么坏处，对吧？”艾希说，“尤其是在找像蝴蝶那样小的东西的时候。”

在《我的世界》里，蝴蝶并不是什么寻常的生物，它们只在“唤魔小兵”附近出现，仿佛虚拟世界里的灵魂，又像是大唤魔者碎片留下的虚幻的回响。

这些蝴蝶就是线索，哈珀知道，他们迫切地需要线索。

忽然，有什么东西在她的眼前一闪而过。不是蝴蝶——是一只兔子，在草坪上飞奔而过。

小波尖叫起来：**“小心！”**

哈珀感觉有些好笑，看了他一眼。“只是只兔子。”她说。

“没人记得我们之前被兔子攻击过吗？”他问道，“直到现在，我睡前还会在黑暗里看到那几双血红的小眼睛。”

“那些兔子只是被巨大的洞穴蜘蛛操纵了而已，而且那只洞穴蜘蛛是有些自尊心问题的。”西奥提醒道。

“这并不会让整件事变得合理多少。”小波说，“反而更难忘记了……”

“哦，真可爱！”茱迪说，“快看，小兔兔还有个朋友呢。”

哈珀沿着茱迪伸出的手指望去。一只狐狸从他们身边匆匆路过，走的正是兔子离开时的路。

“它往那边去了！”茱迪对狐狸说，“如果你动作快点儿，应该还能赶上它。”她叹了口气，然后对朋友们说道，“我喜欢动物之间的友谊。我有一本笔记本，里面贴满了我从网上找到的可爱动物的图片。”

“呃，茱迪，”摩根说，“你知道——”

艾希清了清嗓子，打断了摩根的话。她冲他摇了摇头，示意他别把接下来那句话说出来。

“什么？”茱迪说，“怎么了？”

“没什么。”摩根说，“别担心。”

哈珀知道摩根在想什么。她知道他是个很不错的哥哥——非常不错，有着很强的保护欲，因此他不会在不必要的时刻让茱迪伤心。

哈珀也知道，西奥没有其他人那么细心，不太会顾及旁人的感受。

“它们才不是朋友呢。”西奥说，“那只狐狸只是想追上去吃掉兔子。”

哈珀明知道虚拟形象不会显露什么脸色，但就在那一刻，**茱迪方方的脸庞瞬间变得煞白，**下巴都快掉了。“什么？”茱迪说，“这太糟糕了！”

“这不糟糕。”西奥说，**“大自然就是这样。”**

“随便大自然怎么样吧，”小波说，“我是支持兔子的。快跑，小家伙！”

“我们不能做点儿什么来帮忙吗？”茱迪问道。

“这是个善良的想法。”哈珀说。

“但没什么意义。”西奥说，“你不该试图扰乱食物链的。哪怕你有这个能力，但最终都会酿成大祸。”

哈珀叹了口气，转向茱迪。“西奥说得有点儿冲了，”她说，“但他是对的。记得吗？我们在科学课上学过，**兔子这样的植食性动物吃草，狐狸这样的肉**

食性动物吃其他动物。如果你救下了所有的兔子，狐狸就会饿死，而且剩余的草也不够那么多兔子吃了。”

“这些都是生态平衡的一部分。”艾希肯定了哈珀的说法，“在《我的世界》里，狐狸的代码会赋予它们真实世界里狐狸的习性。**这不是什么坏事，只是为了生存，它们必须这么做。**”

摩根搂住茱迪的肩膀。“别担心。”他说，“小兔子还是有机会逃生的！哪怕没成功，外面还有很多别的小兔子呢。我打赌，**我们很快就会发现一只了。**”

“说不定那只蝴蝶会带我们找到兔子呢。”小波说。

“当然啦。”摩根说，“这就是我喜欢这个游戏的原因之一。你永远不

知道你会——等等。”他忽然抬头，“什么蝴蝶？”

小波咧嘴笑了，伸手指向不远处**一只闪着光、挥着翅膀的像素昆虫。**

“跟上去看看。”西奥和摩根异口同声说道。

“麦克吉要是在这儿，它也会这么做的。”小波补充道。

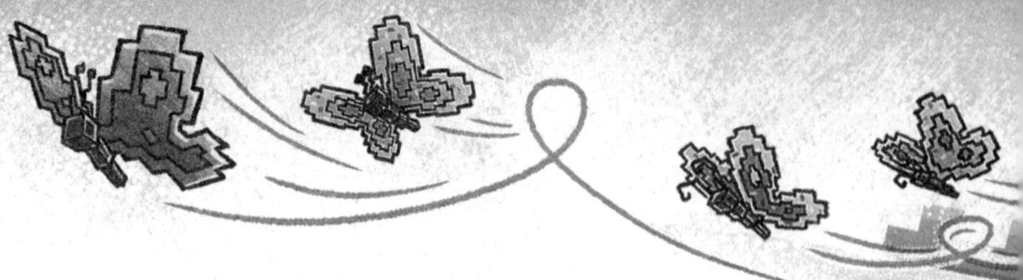

第三章

从空中的神秘断口里召唤闪电……
还有其他想法有待商榷。

茱迪努力不去想兔子的事。它成功逃脱了吗？**还是被狐狸抓住了？**

她无从获得答案，但现在她马上就能知道蝴蝶要带他们去哪里。

“把注意力放在蝴蝶身上。”她对自己说道。

一开始，蝴蝶只有一只。但当众人跟着它穿过针叶林生物群系后，**更多的蝴蝶出现了。**现在总共有四只，比翼而飞，而且它们都在往同一个方向前进。

“我打赌，要是此刻有一只鹦鹉俯冲下来开始

吃蝴蝶，你一定会阻止它的。”她对哥哥说道。

“那我不知道。”摩根说，“我会看看能发生什么，说不定还挺有趣的。你们有什么想法吗？”

西奥摸了摸下巴：“如果蝴蝶是大唤魔者的代码碎片……那鹦鹉吃完蝴蝶之后，说不定会变身？”

“唤魔鹦鹉！”艾希说，“听起来很可爱。”

“我也觉得。”小波说，“如果我换上我的鹦鹉皮肤，它说不定还会落在我的肩上休息呢。”

孩子们笑作一团。可紧接着，一道闪电从头顶上方的断口中劈了下来，滚滚雷声让所有人都吓了一跳！他们终于意识到了此刻真正的危险。

身旁的树开始变样，茱迪立刻明白，他们来到了一个新的生物群系。此前的针叶林生物群系中只有云杉，而现在大家正置身于大片的橡树与桦树之间。

现实中的茱迪对植物没什么兴趣，但她对《我的世界》中的树了如指掌。不同的树会产出不同颜色的木头，想要设计出彩色的建筑，了解这些是重中之重。

出于同样的原因，她也在努力学习《我的世界》中与花相关的知识。

可游戏里花的种类实在太多了！有些花可以制成染料，但并不是所有的花都能这么用。而且花通常分布在各种不同的生物群系中。

从树丛中经过时，茱迪猛然瞧见前方的缓坡上生长着一大片花，仿佛是彩虹落到了草地上休息。

“这是什么地方？”她惊叹道。

“看起来是繁花森林生物群系。”西奥说，“这里生长着大多数种类的花。”

“蝴蝶是被这些花吸引了吗？”哈珀问道。

“我不知道。”艾希说着，伸出了她方方的手，“蝴蝶似乎对那个更感兴趣。”

茱迪立刻明白了艾希的意思。附近的橡树上悬挂着一个方块，蝴蝶全都聚集到了那边。方块通体黄色，附带棕色的条纹，侧面还有一个小开口，看上去就像一座微型房子。

“是蜂巢！”摩根说。

“为什么蝴蝶要聚到蜂巢边上呢？”哈珀问。

“你们觉得，下一位‘唤魔小兵’会是一只巨大的蜜蜂吗？”艾希问。

但茱迪的注意力可不在这里。她已经瞧见了花丛中一只散步的绵羊，于是赶紧躲到一棵桦树背后，目光扫视着附近，寻找可能出现的狼或其他猎食者。看起来，绵羊暂时是安全的，但这份安全又能持续多久呢？

“嗞嗞。”茱迪轻声打着暗号，“嘿，小波。”

其他人都围着蜂巢研究起来，但茱迪把小波拉到了一边。“那把三叉戟还在你身上吗？”她问道。

小波狐疑地看了她一眼。“在……呀。”他说着，瞥了一眼断口边缘不断亮起的闪电。

“你要它做什么？”

“我有个主意。”茱迪说，“你的三叉戟上有特殊附魔，对吗？能引来闪电。”

“下雨的时候是可以的。”小波说着，又看了一眼断口，“你觉得，它能引来断口周围的闪电？”

“我觉得有可能。”茱迪说。

“行吧。”小波说，“但你要召唤闪电来干什么呢？”

茱迪四下望了望，在确保哥哥听不到她说话之后，她露出了极为严肃的神情，对小波说道：“你还记得猪被闪电击中后会发生什么吗？“

小波点了点头。**“当然。它变成了一头半人半猪的猪灵。”**他耸了耸肩，“这可不是什么能轻易忘记的东西。”

“你觉得，这种效果能适用于别的动物吗？”茱迪补充道，

“比如那边的绵羊？”

“茱迪，”小波将他的方块手放到她的肩膀上，**“你知道我喜欢疯狂的点子**。但你怎么会想到要把小动物变成怪物呢？你是担心猪灵在野外太孤单了吗？”

“我打赌猪灵从不害怕猎食者。”茱迪说，**“如果能让那只绵羊也变身，它也会很安全的。”**

小波思索了一分钟。“好吧。”他终于开口，“我百分百支持这个想法，很不同寻常——这句话从我嘴里说出来一般都是好的意思。”他将三叉戟递给她，“你想试试吗？得把它扔到绵羊身上。”

茱迪犹豫了：“你觉得会有不好的事情发生吗？**断口处劈下来的闪电应该和别处的一样，对吧？”**

小波摸了摸他方方的下巴，说：“不会有事的。**再糟糕又能糟糕成什么样呢？”**

茱迪笑了，和小波碰了碰拳，然后蹑手蹑脚地朝绵羊靠近。**绵羊从花丛中抬起头，**茱迪赶紧冲它挥挥手，于是它又转回去做自己的事了，显然并没有把茱迪当成什么威胁。

“做得好。”茱迪说，“毕竟，我是来帮助你的。”

就在茱迪举起三叉戟瞄准的瞬间，小波发话了：“呃，我忽然记起来，这么做是会杀死绵羊的。”

“什么？！”茱迪一声惊呼，可三叉戟已经脱手飞出去了。幸好，这份惊恐让她在最后一刻错失了目标，三叉戟只命中了空气。

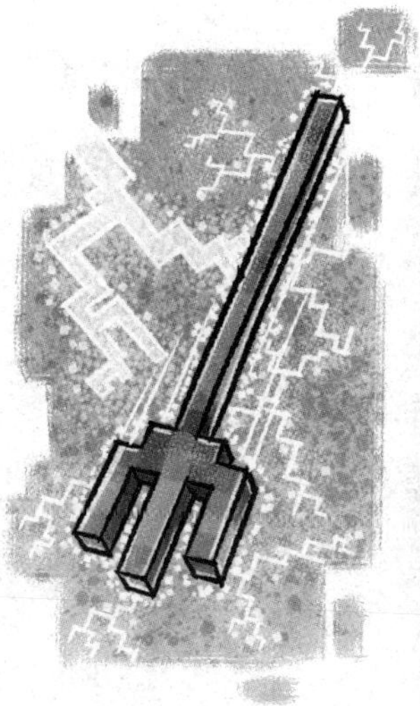

断口中的闪电雀跃而下，在三叉戟上打出一道耀目的光。**炽热的火星铺天盖地袭来，使得附近的花丛都开始冒烟。而绵羊，跑了。**

小波和茱迪四目相对。小波说：“我觉得绵羊做得对。咱们走吧。”于是两人穿过树丛去寻找他们的朋友们——同时期望着他们失败的实验和四散的火星不会酿成什么大祸。可紧接着，茱迪听到了一阵奇怪的声响。**她抬头望去，发现树上还挂着另一个蜂巢，**里面正发出充满活力的嗡鸣声。

“出事了！”摩根说，“茱迪？小波？”

“我们在这儿！”茱迪边说边拉住小波，拽着他往人群中走去。

可那嗡鸣声已经从他们身后席卷而来，那声音同时还来自侧边，还有头顶……

他们被蜜蜂吵闹的嗡鸣声包围了。

“发生什么事了？”一见到朋友们，小波就问道。

“摩根打扰了那群蜜蜂。”西奥说。

“我才没有！”摩根说，**“我只是轻轻戳了一下那个蜂巢。”**

“太吵了！”哈珀捂住了自己的耳朵。

“我不想这么说，”艾希说，“但我们得准备好战斗了，以防万一……”

就在艾希拔剑的一瞬间，第一只蜜蜂出现了。它从大伙儿发现的第一个蜂巢里钻出来，愤怒地挥动着翅膀。

一般来说，茱迪不太喜欢昆虫，但这只小蜜蜂实在是太可爱了。它有着大大的眼睛，脑袋上还竖着一对纤细的触角。“哦！”她说，“我可不想打它。”

“没事的，”摩根说着，将艾希的剑按了下去，“它现在还没有敌意。”

“你怎么知道的？”艾希问道。

摩根皱了皱眉头：**“相信我。如果它有敌意，你会知道的。”**

又有两只蜜蜂从第一个蜂巢里钻了出来，飞到空中，加入了它们那位蜂友的行列。不止它们，越来越多的蜜蜂从森林的四面八方飞来。这附近一定有不少蜂巢。此刻，所有的蜜蜂都聚集到一起，形成了一个庞大的、不断翻飞的蜂群。**不计其数的翅膀同时挥动着，周遭的嗡鸣声也越发强烈。**

“太迷人了。”哈珀说，“简直就像是在空中起舞。”

茱迪看呆了：这些昆虫不断地旋转，仿佛形成了一个巨大的旋涡。而且它们还在加速，几乎要看不清它们的翅膀和身体，嗡鸣声也达到前所未有的峰值。就在茱迪目瞪口呆之时……蜜蜂们忽然摆出了一个形状。

那是一个人的形状。一部分蜜蜂勾勒出四肢，一部分组成了躯干，而这个人的头……

这个人的头仿佛正在注视着他们。

“这……很新鲜。”摩根说。

“嘘！”艾希说，“你听见了吗？”

茱迪全神贯注地听着，但耳边只有**阵阵嗡鸣声**。

紧接着，她意识到这嗡鸣声听上去像一句不断重复的话：“嗡嗡嗡，嗡嗡嗡……”

“喂”。

在茱迪的注视下，蜜蜂们的翅膀开始整齐划一地扇动。一快一慢之间，嗡鸣声的音调也在不断变化。

蜜蜂们在试图向他们传达信息。

“嗡……喂。”它们说，“你们嗡……必须嗡……”

说时迟那时快，一道强有力的闪电击中了附近的一棵树。

茱迪倒吸一口凉气。

蜂群一哄而散，每一只都朝不同的方向飞去。

而在他们身旁，**一场大火正在森林中迅速蔓延。**

第四章

打扰一下，《我的世界》的玩家们，我们不想惊动你们，但是着火了！！！

看着火焰在森林里肆虐，西奥僵在了原地。

火是危险的，是具有毁灭性的。西奥会这么害怕也就不足为奇。

但其实西奥并不害怕，他只是愤怒。

“所有人，散开。”摩根说，“别慌！我们可以撤退到针叶林生物群系地带，等安全了再回来。”

“不！”西奥说，“到时候就太晚了。”

“太晚了？”艾希说，“什么意思？”

“那些蜜蜂。”西奥说，“它们刚才在试图与我们交流，它们想告诉我们些什么。而现在……

哦不！”

眼看着大火蔓延到了附近的橡树，西奥的心一沉……几秒之内，有的蜂巢就被吞噬了。

“我们必须做些什么。”西奥说，“得为蜜蜂们创造点儿别的机会，让它们把话说完。”

“我懂西奥的意思了。”哈珀说，**“如果蜜蜂们不幸遇难，我们就会失去复原大唤魔者的机会。”**

“这对蜜蜂们来说也不好。”茱迪说，“我相信它们也不想遭这样的罪。”

“好。”艾希说，“新计划：**灭火！拯救蜜蜂！**”

众人四散开去，每个人都在倾尽全力阻止大火

蔓延。

摩根和艾希跑到附近的一条小溪边，用铁桶装满水。

“你觉得这会有用吗？”艾希问道。

“如果我们能用这些水打造一个新的水源，就有用。”摩根说，“我们甚至可以在森林中央造一条水渠。”

“听起来不错。”艾希说。

“我来挖水渠。”哈珀主动请缨，然后掏出了她的锹，“哪怕不灌水，这样的水渠也能阻止大火蔓延到草地那边去。”

哈珀开始在地面上开挖水渠。另一边，西奥也终于行动起来。他紧跟在哈珀身后，收集着她一路丢下的土块。“我可以用这些土块来造一面土墙，**隔绝大火。**”

“别困住动物们就行！”茉迪说。她已经跑到了哈珀和西奥前面，手里拿着一捆小麦，往森林中心赶去。“如果它们被你们的水渠或者土墙困住就危险了！”

“我得赶紧把那把三叉戟捡回来。”小波说，“我们当下最不想看到的就是第二次雷击了。”

西奥愣住了。**“三叉戟？”**他重复了一遍，“小波，是你引发的火灾吗？”

“有点儿事情。”小波边说边掠过他们，飞奔而去，“一会儿再说！”

茉迪从树丛中钻了出来，她正打算将绵羊带往安全的地方。**“是我的错。”**她说，“是我把三叉戟丢出去的，还忘记捡回来了。我很抱歉。”

“把这些话跟蜜蜂去说吧。”西奥说。他看到又一个蜂巢落入了熊熊烈火之中。

“我们得转移这些蜂巢。”西奥说，“已经有好多个被毁了。”

“那里有一个蜂巢。”哈珀用她的锹指了指附近的一棵树，“我要把它取下来吗？”她问道。

“等等！”摩根说，“你用锹的话，它会直接损毁的。”

“我们得用有精准采集附魔的镐。”艾希说着，跑到了哈珀身边，**“我还有点儿青金石，**你有附魔台的材料吗？”

哈珀点了点头，将附魔台搭在了树干边上，又在两侧添上了书柜。“我需要一分钟。”她说，“拜托谁能帮我注意下火势吗？”

“我来帮你。”西奥说。他在树和哈珀的周围造了一层泥土屏障，现在她可以放心地进行附魔，不用担心火焰会烧到她了。

手中的镐亮起了紫色的魔法光，但哈珀摇了摇头。“不对。”她说，“这是时运附魔。”

“再试试。”西奥说着，递给她一把备用的镐，“你一定会找到正确的附魔的。”他只希望成功能在物品栏里的工具用尽之前到来。

“成功了！”试到第三次时，哈珀终于欢呼起来。她将闪着光的镐从附魔台上拿起来，丢给守在蜂巢旁的艾希。

艾希笑了。崭新的镐在空中摆动，闪烁的光似乎更耀眼了。她顺利地将蜂巢从树上砍了下来。

哈珀接住蜂巢，将它运送到了安全的地方。

西奥多希望这一切能够拯救它们，多希望蜜蜂永远不会消失。

但当他望着被撕开断口的天空下，那片仍在燃烧的森林……

他意识到这种希望也许是奢望。

第五章

蜜蜂飞，学生逃。

来一起跳舞吧！

次日的科学课上，小波依然羞愧难当。他现在知道了，三叉戟不是什么玩具。他真该早点儿意识到，把它随手丢在森林中是个错误的决定。

“你不是故意的，”摩根说，“别自责了。”

“这话同样适用于我，”茱迪说，“对吧？”

“你该更懂事点儿。”摩根说，“变异绵羊怪，哪怕理论上能做到，你为什么想要看到这种东西呢？”

“变异绵羊怪能自己保护自己，不被狼

群吃掉。它说不定还能保护其他绵羊。”茱迪说，“至少在当时，我感觉这是个不错的主意！”但摩根只是挑了挑眉。

“确实不错。”小波说，**“你的妹妹很会说服人。”**

上课时间还没到。小波刚把课本掏出来，哈珀就瘫坐在旁边的座位上。

“一切都好吗？”摩根问道。

“我昨晚熬夜看了各种与蜜蜂有关的资料。”哈珀回答，“我想预习下今天的课程。”

小波若有所思地点点头：“是啊，额外的家庭

作业也会让我筋疲力尽的。”

“不，你没懂我的意思。”哈珀说，“最后我读到了一种叫‘蜂群崩坏症候群’的东西，大概就是一整个蜂群忽然……都死了。科学家们还不能完全明白其中的原因，但这种现象非常常见。”**她的脑袋耷拉在桌上**，“你们知道的，我一旦开始担心环境问题就会这样。”

“天哪。”摩根说，**“大家今天都心事重重啊！”**

“蜜蜂，”博士忽然掷地有声地开口，吓了摩

根一大跳，“是大自然的奇迹。没有蜜蜂，就没有水果！没有花朵！而且……还没有蜂蜜！”

小波倒吸一口气。“**可……我妈妈会往花生酱蜂蜜三明治里加蜂蜜**。蜂蜜可是核心食材！”

“能吃上这样的三明治，你得感谢勤劳的蜜蜂，小波。”博士说完，又思考了一会儿，“还得感谢你的母亲。说实话，你应该已经到了可以自己做三明治的年纪了。”

小波再次倒吸一口气。

他们的同学雪莉·希尔瓦举起了手。“但蜜蜂为什么要酿造蜂蜜呢？”她问道，“并不仅仅是因为它们热心肠，对吧？”

“不完全是。”博士说，“蜜蜂酿造蜂蜜是为了冬天能有吃的，毕竟冬天很少有花会开放。一般来说，蜜蜂的饮食由花蜜组成，这也是为什么你们经常能看见它们绕着鲜花嗡嗡地飞。”

西奥迟到了，这很不同寻常。“对不起，博士。”他说，“我刚才在密涅瓦女士那里。她……呃，她想让我给你捎个口信。”

“说吧。”博士说。

西奥清了清嗓子，然后大声读起了一张纸上的字。“亲爱的博士，请原谅西奥迟到了。**他是我们学校最新的课外俱乐部——伍德斯沃德园艺俱乐部的成员。**自从某人认为让上百位学生同时践踏前院的草坪是个好主意以来，我们就多了很多工作要做。您真诚的密涅瓦女士。”西奥有些羞涩地笑了，“她还画了一个小笑脸，但看起来有点儿凶巴巴的……”

“感谢你为学校做出的贡献，西奥。”博士说，“请坐吧。我会写一封回信的，一会儿你给密涅瓦女士带过去。说实话，要是她用了我的全自动园艺机，这院子早就干干净净了。但她居然觉得‘刀片太多了’。”

西奥溜回到座位上坐好，对于要在老师们之间来回传纸条这件事，他显然兴致缺缺。

小波轻轻拍了拍他的背，挤出了一个同情的笑容。

“问题的关键在于，密涅瓦女士有点儿像蜂后……可我也是。”她说，“一个蜂群里只能有一只蜂后——不能多，不能少。”

“除此之外，还有什么别的种类吗？”摩根问道，**“蜂王？皇家大臣蜂？”**

“朝廷弄臣蜂？”小波也问道。

博士摇了摇头，“除了蜂后，蜂群里的成年蜜

蜂要么是雄蜂，要么是工蜂。雄蜂是雄性的蜜蜂。它们没有毒刺，专门负责留下来照顾蜂后。而工蜂都是雌蜂，需要出门探索世界。”

一只蜜蜂仿佛听到了博士的召唤似的，从敞开的窗户外飞了进来。博士笑了，显然很欢迎这位客人。

“是蜜蜂！”摩根大叫出声。

“小心点儿，它过来了！”小波大喊。

不知是谁开始尖叫，紧接着，教室里半数的同学都站了起来，四散奔逃地躲避着乱飞的蜜蜂。

“同学们，同学们！”博士举起手，打了个安静的手势，**“没必要惊慌。”**

“当然有必要了。”小波说，他的眼睛还紧盯着蜜蜂，“蜜蜂会用它们的毒刺注射毒

液，毒液会引起疼痛和刺激，甚至过敏反应。”

“哇，”哈珀说，“你做过功课了呀。”

“蜜蜂用毒刺来保护它们的蜂巢和蜂后。”博士说，“它们不是什么有侵略性的动物，除非你给了它们攻击你的理由。”

“所以我们保持冷静就好了。”**哈珀边说，边走到蜜蜂身边，用一张纸引导它飞出了窗户。**

“不错！”博士说，“刚才那就是一只经历了点儿冒险的工蜂。它没有在教室里找到花蜜，所以只能换个地方继续找。”

“工蜂们找到花蜜之后会怎么做呢？”茱迪问，“假设它找到了一个开满鲜花的花园——全是食物！它不可能独自把食物全运回去，对吧？”

“没错，它不能，它需要帮助。”博士说，“你们觉得它要去哪里寻求帮助呢？如果是你，你会怎么做？”

“我会飞回蜂巢去。”小波说，“我会告诉其他工蜂关于花园的事，然后它们就能帮我一起把花蜜运回来了。”

“但你具体要怎么做呢，小波？”博士说，**“你是只蜜蜂！你不能说话啊。”**

“哦。”小波说，“呃……我能指出花园的位置吗？”

“你已经接近正确答案了。”博士说，“如果蜜蜂想要和蜂巢里的朋友们交流，它们会使用舞蹈。通过一连串复杂的舞蹈，它们能精准传递食物源的信息，包括位置、质量、数量等等。”

茱迪不禁想象起来——**她的想象力相较于常**

人总是更疯狂一点儿。她想象着博士在一个奢华的派对上和一只有人那么高的蜜蜂翩翩起舞。他们一圈又一圈地旋转着，舞姿是如此优雅动人。

“不好意思。”小波说，“你是说……蜜蜂通过舞蹈来交流？”

“就是这个意思。”博士确认道。

小波惊讶得下巴都要掉了，眼睛也睁得大大的。

“我想变得像蜜蜂一样，”他说，“少说话，多跳舞。”小波灵活地摆动着他的手臂，充分利用了手腕和每一根手指，展示了一段漂亮的形意舞。他看上去就像是在空中施展咒语。茱迪也加入进来，将双手举过头顶挥舞着。

“这支舞的意思是……哈珀应该开心点儿！”茱迪说。

哈珀大笑起来，“嗯，很有用！”

“我认为茱迪和小波的想法很不错。”博士说，

“来吧，同学们，让我们都来学习蜜蜂。”

整个班级都沸腾了。一部分学生站着，一部分学生坐着，**但所有人都跟随着自己心中的节拍开始舞动。**

小波不由得想，他拥有了一个孩子所能拥有的最好的“蜂巢”。

第六章

在一个充满了电子邮件、短信和广告的世界里收到了信息……大概吧。

看到小波《我的世界》新皮肤的瞬间，哈珀笑出了声。

“嗡……你喜欢吗？”小波问。

“非常喜欢。”哈珀说，“实际上，这套皮肤在你身上简直是严丝合‘蜂’。”

小波这次换了一套蜜蜂的皮肤。金黄

的底色上横着棕色的条纹，头顶竖着触角，背上还有几对翅膀。

“这些翅膀能飞吗？”茱迪问。

“我希望可以。”小波说，“但实际上不行，它们只是装饰。”

“可惜我们没有鞘翅，”摩根说，“不然就能飞了，至少也能滑翔。”

“关于这个，我或许有办法，你知道的。”西奥说，“我可以用家里的电脑在这版游戏里加上鞘翅。”

“等我们解决了这个再说吧。”摩根指了指断口，**“我不觉得现在是个乱动代码的好时候，说不定会让情况变得更糟。”**

“某种程度上来说，我们已经让情况变糟了。”茱迪说着，幽怨地望向已经化作废墟的森林，大部分树和花都已经被彻底焚毁了，**“造成这么大的灾难，我感觉难受极了。”**

“我也是。”小波说，“我们应该在这里多停留一段时间，说不定能够修复森林。”

“不可以！”西奥说，“任务！那才是最重要的。”

“你不是在园艺俱乐部吗？”小波说，**“我敢说这片区域需要一些修整。”**

“那是在现实生活中。”西奥说，“繁花森林生物群系并不是真实存在的，那些植物也是假的，忘了吗？只不过是代码让它们看上去像真的一样罢了。所以好不好看无所谓。”

“我同意西奥的观点。”摩根说，“火灾确实是很严重的意外，但我们还是得尽快回到任务上来。”

“说不定这就是任务呢。”茱迪说，“说不定我们就是需要修正此前的错误呢。”

“那才是我们需要修正的东西。”摩根再次指了指断口，“很明显，我们已经快没时间了。”

“我打赌，艾希会同意小波和我的看法。”茱迪说。

“艾希今天不在。”摩根说，**“她的新学校有个童子军会议。”**

他转向哈珀，“所以，现在轮到哈珀来投出决定性的一票了。”

哈珀犹豫了一番。她并不喜欢成为整个团队的决策者，尽管她完全能理解两方各自的意图，但在身后留下如此严重的破坏总感觉不太对。“没有花和树还能叫繁花森林生物群系吗？”她说，**“我们可以一边修整森林，一边留心寻找蜜蜂和蝴蝶。**事实上……”她从物品栏里取出了那个他们救下来的蜂巢。

“我都忘了！”西奥说。

“我一直在研究它。”哈珀说，“我觉得里面仍然有蜜蜂，但我把蜂巢拿在手里的时候，它们是不会出来的。**所以森林修复计划的第一步应该是为这个蜂巢找一棵新的树。”**

“听上去是个不错的折中方案。”摩根说。

“我的物品栏里其实还有鲜花。”茱迪说，“我本想用它们来制作染料的，但现在，我打算把它们栽种在这里。”

“我还有几棵幼苗。”西奥举起了一棵小树，“之前收集木头的时候捡到的。我打赌还能在附近的生物群系里捡到更多。”

“嗡嗡嗡。”小波说，“我喜欢这个计划！”

所有人都行动了起来，哈珀感到自己格外乐在其中。之前救火时，每个人都尝试了不同的策略。当时的情况是混乱的，所有人都有些惊慌失措。但

此刻，大家都凝聚成了一股力量来行动。

他们讨论着要把花放到哪里。**“这些蒲公英在阳光下显得特别开心。”**茱迪说。

他们研究出了最适合种植小树苗的地方。“如果我们把四棵树苗像这样放在一起，它们就会长成一棵大树。”摩

根说。

他们寻找着安放蜂巢的完美地点。“那棵橡树看起来很合适。”小波指了指一棵橡树。

哈珀自告奋勇，爬上了泥土做的台阶，将蜂巢高高地悬挂在树上。几乎就在她放手的瞬间，蜂巢里响起了活跃的嗡鸣声。

“成功了。”哈珀从梯子上一跃而下，“它们来了！”

三只蜜蜂从蜂巢里钻了出来。它们在大树周围的空中散开。

“我觉得蜜蜂喜欢它们的新家。”茱迪愉悦地说。

“但它们还会像之前那样蜂拥而出吗？”摩根问道，“还会摆出各种造型，然后把没说完的话说完吗？”

哈珀摇了摇头。“三只蜜蜂可不够，但我也没听到其他嗡鸣声。”她皱起眉头，**“我觉得它们可能是大火中仅存下来的蜜蜂了。”**

“它们看起来出‘故障’了。”西奥的话音中难掩失落，“看，它们只是在重复相同的动作。”

西奥是对的。每只蜜蜂都在跳着各不相同的舞蹈，但都仿佛被困在了什么循环之中。“那一只在不停地转圈圈。”哈珀说。

“舞蹈。”小波触角下的两只眼睛忽然亮了起来，“如果这些舞

蹈有意义呢？”他说，“就像在现实生活中，**它们可能在试图用舞蹈和我们交流！”**

蜜蜂们忽然发出了整齐的嗡鸣声，仿佛在表达赞同。

“这个圈难道是指零？”西奥问道。

“也可能是字母O！”茱迪说，“因为这边这只蜜蜂舞出的形状像是大写的P。”

“哇哦。”小波说，**“它们在拼写我的名字呢！”**

哈珀大笑起来：“我觉得只是巧合罢了，因为那第三只蜜蜂正在舞出字母R。”

“‘PRO’？”摩根说，“有谁觉得这有什么含义吗？”

“也可能是缩写。”西奥说，“比如说FBI，就是美国联邦调查局的缩写。”

哈珀努力地推理起来：“PRO可以代表任何事物，也可能是POR、OPR……”

摩根轻声抱怨了一句：**“不可能吧。”**

“怎么不可能？”哈珀说，“我们得做点儿功课了。”她微笑起来，**“明天有谁想来图书馆一起搞点儿研究？”**

第七章

该读书了！但不是按字面意思读出来，因为那样很不礼貌！

第二天放学后，摩根和他的朋友们像往常一样，来到石剑图书馆集合。

不过这一次，他们并没有直奔电脑和 VR 眼镜而去，而是往服务台走去。

“嗨，马洛里先生。”摩根问候了图书馆的媒体专家，“你有什么关于密码和解密的书吗？”

但马洛里先生没有回答，只是敲了敲桌子。

“呃。”摩根说，“马洛里先生，能听见我说话吗？”

这位媒体专家笑了。“我猜你并不知道摩斯密码。”他说，“我刚才敲的就是我的回答：我们有好多相关的书。来吧，跟我走！”

几分钟后，摩根、哈珀、小波和茱迪来到了一间小小的会议室里，**开始研究马洛里先生为他们找来的成堆的书。**同时，哈珀也在用她的手机在网上搜索着资料。

“这也太让人头疼了。”小波说着，揉了揉太阳穴。

“我承认，我希望西奥在这里。”摩根说，“他可擅长解难题了。”

“我希望他也同样擅长园艺。”茱迪说，“我走过来的时候看见他了，他正在参加密涅瓦女士的园艺俱乐部活动。”

“哦！”哈珀的手机忽然开始震动，**“艾希给我回电话了，稍等。”**

哈珀将她的手机放在一摞书上。艾希的脸庞出现在屏幕里，她冲大家挥手致意。

“嗨，大家！”她说，“哈珀和我说了发生的事，**我会尽一切可能帮忙的。”**

摩根能感受到自己正在冷静下来，这就是艾希的魔力。摩根喜欢将自己视为小队的领导者，但这可不是什么容易的差事。很久之前，他就发现艾希有解决问题的天赋。她总能带来冷静而自信的能量，这似乎让艰巨的挑战都变得简单了些。

茱迪将图书馆仓鼠举到了屏幕前：**“快和酒窝女爵打招呼，艾希！”**

艾希挥了挥手，说：“很荣幸再次见到您，女爵。”

仓鼠愉悦地吱了一声。

“好了，艾希。”哈珀说，“我们已经开始查阅石剑图书馆里所有相关的书籍了。你想负责缩写这部分吗？”

“我还是觉得那个密码代表‘请重新加热燕麦片’。”小波说道。

摩根叹了口气，说：“我记录一下，但我对此表示怀疑。”

“准备就绪。”艾希说，“实际上……我想叫几个童子军朋友来帮忙，你们觉得怎么样？”

摩根的脸抽搐了一下，“我不知道。”他想都没想就回答道。

哈珀越过他面前摊开的书，瞥了他一眼。**“为什么不呢？”**她问，“如果这个密码确实是个缩写，那就有成千上万种可能。人越多，主意越多，我们的进度就越快。”

“是。”摩根说，“我知道。只是……”

“摩根不喜欢分享他的玩具。”茱迪说，“他一直都是这样。”

摩根有些生气：“那是因为我的妹妹总会把借给她的玩具摔碎。”

“我理解你的想法，摩根。”哈珀说，“毕竟，我们从未和别人说过博士 VR 眼镜的事。在别人眼里，我们每天都只是在玩普通的《我的世界》而已，他们不知道我们会被传送到虚拟世界里，还在试图拯救一个坏掉的人工智能体。”

小波笑了，“哪怕我们和别人说了，他们也不一定会相信。”

“哈珀说得对，”摩根说，**“我不想把眼镜的秘密告诉别人。**我想要有一个特别的社团，一个只属于我们的社团。还记得吗，我当时对艾希和西奥就不怎么友好。”

“但你看现在多好。”茱迪说，“他俩仿佛一直都是团队的一部分呢。”

摩根陷入了长时间的沉思。

“行吧。”最终，他开口说道，**“我们需要更多人来一起解密。**只是……别告诉他们太多不必要的情报，好吗？”

“了解。”艾希说，“谢谢你，摩根。我先挂电话了，还有工作要做。”

那之后，大家又一头扎进书堆里，仔细阅读每一页，寻找着能够帮助翻译蜜蜂信息的线索。在一片寂静里，二十分钟过去了。突然，马洛里先生出现在了门口。

“我又找到了一本书。”他说，“虽然打扰了你们很不好意思，**但看看你们这蜂巢思维！”**

“蜂巢思维？”小波问道，“什

么意思？”

“我只是想说，你们合作得很好。”马洛里先生说，“蜂巢思维是存在于群居昆虫中的一种现象，我们图书馆里养的蜜蜂就是这样。这种现象是指，虽然每只蜜蜂都在做自己的事情，但它们都在为群体的利益做出贡献。**这些蜜蜂仿佛是一个系统中的不同部分——就像我们的身体，其实包含了数以万计的小细胞。”**

摩根忽然想到了什么。“马洛里先生。”他说，“如果这个群体中的大部分成员都消失了，会发生什么？”

马洛里先生想了一会儿。“嗯，如果没有足够的蜜蜂来执行任务，那这个群体就要遭殃了。说不定会彻底消失。”他耸了耸肩，“但如果蜂后还在，就能不断产卵，补上那些缺失的成员。新生的蜜蜂可以长成雄蜂或工蜂，取代此前的成员。”

摩根忽然露出了一个大大的笑容：“谢谢，马洛里先生。这很有帮助。”

“是吗？”这位媒体专家说道，“好吧，**我倒是没看出来蜂巢思维和破译代码有什么关系。”**他笑了笑，“但我确实喜欢看到孩子们热衷于学习。或许当初我还是当老师好一点儿……”

马洛里先生离开后，摩根转向他的朋友们。“我觉得，找到答案了。”摩根说，“在火灾中幸存下来的蜜蜂太少，不足以向我们传递完整的信息。”他打了个响指，**“但它们拼出来的，很可能是在雷击前想对我们说的话！”**

“所以我们不需要破译密码。”哈珀忽然灵光一现，“我们只需要在《我的世界》里繁衍更多蜜蜂就行了！”

“没错。”摩根说，“等蜂群足够庞大后，蜜蜂们就能合力传递信息了。”他看了看时

钟，“今天可能没有足够的时间玩了，但如果我们明天……”

说时迟那时快，**西奥突然冲进了房间，四处寻找哈珀**。他的鼻子被太阳晒得红红的，手上还戴着厚厚的园艺手套。“你还在。”他说，“谢天谢地！”

“来得正好，西奥。”哈珀说，“我们有了重大进展。”

“别急。”西奥说，“我是刚从学校跑过来的，**路过了夏恩先生留下的蜂巢，然后……**”

“怎么了？”哈珀问道。

“蜜蜂们好像出事了。”西奥说，“它们病了。**我觉得它们快死了。**”

第八章

唉，可怜的蜂茨比！我们还不怎么了解你。（叹气）

哈珀跪在蜂箱旁的草地上。一部分蜜蜂看起来安然无恙，它们往返于蜂巢内外，嗡嗡地忙碌着。

而另一部分蜜蜂显然不是很好，它们似乎飞不起来了。哈珀看到一只蜜蜂从空中直直地坠落下来，她赶紧上前把那只小家伙捡起来。

“小心！”摩根警告道，“你也不想被叮吧。”

“这些园艺手套很厚实。”西奥说，**“拿着，哈珀，这里还有两副。”**

哈珀和西奥一人戴着一副手套，在草地上来回穿梭，将地上的蜜蜂捡起来，放回蜂巢里。“至少这样它们不会被踩到。”哈珀说，“但我们还是不知道问题的根源出在哪里。”

“哦不！”茱迪说，**“对它来说还是太晚了。”**她用手掌托起一只蜜蜂，它已经缩成了一个小球，一动不动。

“可怜的家伙。”小波说，**“我们应该给它举办一场体面的葬礼。”**

“你们就净张罗那些吧。”哈珀说，“我要去找个医生看看。”

哈珀迫切地需要答案。而她知道，想要获得答案，只有一个地方能去。

“博士！”哈珀边喊边旋风般地冲进学校的实验室，“蜜蜂们有点儿不对劲。”

虽然一小时前就放学了，但万幸的是，**博士还在实验室里做实验**。她抬起头，将护目镜翻到额头上。“哈珀？怎么了？”

哈珀伸出戴着手套的手，手心里躺着的正是那只蜜蜂。它还活着，但一动不动，没有想要飞走的样子。事实上，它完全没在做任何事情。

“这只蜜蜂从空中掉下来了。”她说，**“还有几只蜜蜂也是这样，其中一只还死了。”**

“过来。”博士说，“让我们仔细看看。”

博士在抽屉里翻找了会儿，终于掏出了一件哈珀从未见过的设备。**它外表像个望远镜，但并不是立在桌面上的，而是固定在博士脸上。**博士忙着调整设置，而哈珀只是呆呆地看着。“把蜜蜂放到我的桌上来。”博士说。哈珀赶紧照做。

博士俯身靠近了蜜蜂，她脸上的设备先是嗡嗡响了一阵，然后发出咔嗒一声。“**这是我自制的放大设备。**”她说，“适用于检测任何比蝾螈小、但又不适合用显微镜来观察的东西。”

“你在找什么？”哈珀问。

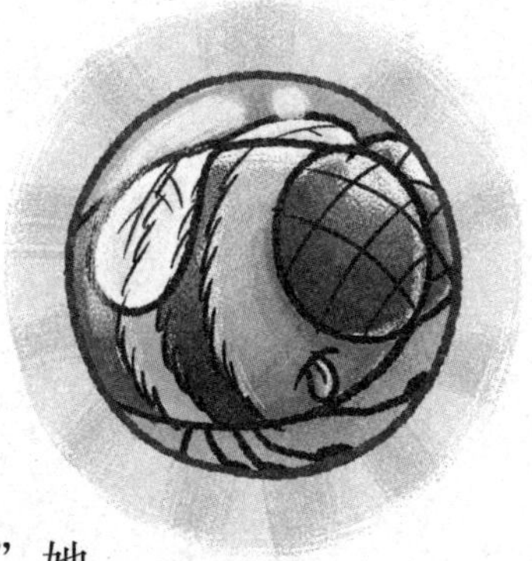

“寄生虫。”博士回答，“蜜蜂经常会面临这个问题。蜂螨会附在它们身上，将它们吸干。”她摇了摇头，“但我没在这只蜜蜂身上看到任何痕迹。”她又看了看哈珀，**放大镜后的眼睛显得格外大。**

“一定是有别的什么问题。”博士说，“我要去蜂巢那边，看看能不能发现些什么。”

“我跟你一起。”哈珀说。

趁博士检查蜂巢的空当儿，茱迪拿着一个火柴盒来到哈珀身边。“这里面是刚才逝去的小蜜蜂，我给它取了一个名字，叫‘蜂茨比’。”茱迪说，“西奥正在为它挖掘小小的坟墓，摩根会致悼词。”

摩根的眼睛都睁大了，“我吗？但我都不认识它！”

“摩根！”小波有些责备地说道，**“别说逝者的坏话。”**

摩根整了整衣领，“我应该可以想出点儿体面的话来说说。”

西奥跪在地上，用他的园艺小铲子在一棵树下挖着土。

“这是个不错的地方，西奥。”哈珀说，“很好的选择。”

西奥点了点头，然后擦了擦额头上的汗水。“应该够深了。”他说。

茱迪谨慎地将小盒子放进墓穴。“来吧，摩根。”她说。

“呃，今天我们聚在一起，是为了向这只逝去的蜜蜂致以敬意。”摩根说，**“我以前很怕蜜蜂，但现在我知道了，它们并不可怕。**而且，鉴于蜂茨比是一只工蜂，它甚至都没有毒刺，所以……我猜它还是不错的。”

“它只是想在家附近四处逛逛，吃点儿蜜。”小波说，“我懂这种感觉。”

所有人都沉默地站立着，低头望着墓穴里的小盒子。西奥举起了他的小铲。“还要说点儿什么吗？”他问，“我要把墓穴填上了吗？”

“我还有话说。”哈珀说着，将手交叠在心脏的位置，然后闭上眼，“我很遗憾，这些事情发生在你身上，蜂茨比。我很遗憾，你生活的这个世界没有更安全些。”

“我们都很遗憾，蜂茨比。”茱迪说。

“但我们会做出改变的。”哈珀保证道，“我们会弄清楚你身上发生的事情，然后不计一切代价来保护剩余的蜂群。”

第九章

让我们向大自然伸出援手……

毕竟，最初是大自然赐予了我们双手！

孩子们已经没什么能为石剑图书馆的蜜蜂们做的了。博士需要点儿时间来做测试，不过她保证，一有进展就会立刻告诉哈珀。

与此同时，**孩子们还在重建繁花森林生物群系**。种下的小树苗已经长成了大树，但在《我的世界》里，蜜蜂无法自己繁殖。

“好吧，摩根。”哈珀说，“你是专家，所以我们要怎么繁殖蜜蜂？”

“很简单。”摩根说，**“首先，我们需要鲜花。”**

“哦！”小波此时已经将自己穿成了一朵巨大

的花，“被需要的感觉真好。”

西奥翻了个白眼。“等蜜蜂把你当作午餐，你就不会觉得好了。”他说。

“起作用了！”茱迪一边大笑着欢呼，一边从众人身旁跑过。她的手里举着一朵紫色的绒球葱花，后面还跟着一只蜜蜂。她去哪儿，蜜蜂就跟到哪儿。

“我们还不知道，到底需要多少只蜜蜂才能传递完整的信息。”摩根说，“所以就先假设那会是一个很大的数字吧。也就是说我们还需要更多的花。”

“我们可以去附近的生物群系探索一下。”哈珀说，“收集一切能找到的花，然后带回来。”

“如果能找到些骨粉就更好了。”西奥说，“它能促进新花的生长。”

“你是说找骷髅们打架吗？”小波说，“谁能想到，繁殖蜜蜂也会变成冒险呢？”

每个人都领到任务后，整体进展便快了起来。茱迪享受着寻找各种鲜花的过程；西奥喜欢将花栽种到繁花森林生物群系里；摩根擅长将骷髅从洞穴里引出来，带进埋伏圈；而小波格外喜欢穿成一朵花的样子，与那些怪物战斗。

哈珀接下了繁殖蜜蜂的任务。她等着茱迪和西奥给她带来富余的鲜花，然后再喂给附近的蜜蜂。很快，一群小小的蜜蜂宝宝便在森林里飞舞起来。

“它们需要能生存的地方。”哈珀朝蜜蜂宝宝们示意了一下，“蜂巢里没有足够的空间了。”

“我有个主意。”摩根说，**“首先，我们需要蜜脾。”**

摩根向哈珀展示了《我的世界》里蜜蜂的行为，和现实世界中的蜜蜂几乎一模一样。“看好了。”他说，“这些蜜蜂会飞到鲜花上采集花蜜，然后再带回蜂巢制作蜂蜜。”

哈珀注意到，当蜜蜂爬到花朵上时，它们身上会沾上小小的黄球。**“这是花粉吗？”**她问道。

“没错。”摩根说，“就和现实世界里一样。蜜蜂采集花粉带在身上，飞行的途中，花粉便会四散在森林中。这能让许多植物长得更快，比如庄稼和浆果丛。”

“我们可以再种一些浆果丛。”哈珀建议道，“放在我们的森林里应该会很好看。”

又过了一阵，等太阳下山后，哈珀终于见到了

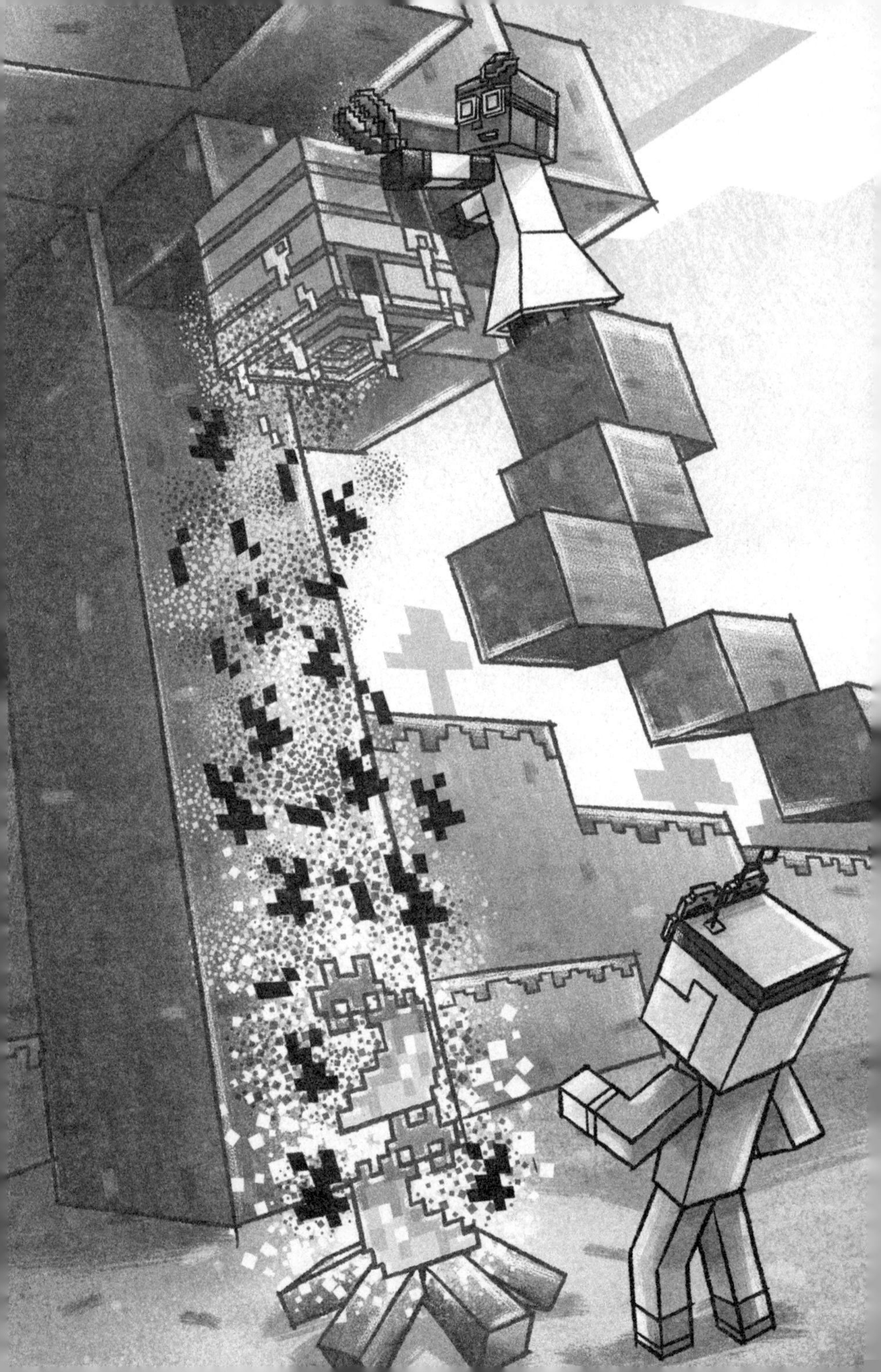

摩根一直在期待的景象。“看哪，”她说，**“蜂巢里正在滴出蜂蜜呢。”**

“下一步就得谨慎些了。”摩根说，“已经到晚上了，蜜蜂们都回到了蜂巢，我们得小心别惊动它们。把你们的剪刀准备好，等我说可以了再开始行动。”

哈珀看着摩根在坠满蜂蜜的蜂巢下生起一堆营火。**“营火的烟会让蜜蜂们保持冷静。”**他说，“现在，你们可以用剪刀把蜜脾剪下来了。”

哈珀赶紧照做。只消咔嚓几下，数块蜜脾便掉进她的物品栏中。

“完美。”摩根说，“有了蜜脾和木头，我们就能制作蜂箱，新来的蜜蜂就有地方住了，而且——小心！”

哈珀赶紧转过身，正好看见一只僵尸正歪歪扭扭地朝她扑来。她赶紧俯下身，躲过了它的

攻击。

见打不到她，僵尸立刻转头开始攻击附近的蜜蜂。

“嘿！看好了！”哈珀大喊一声，拔剑想要保护那只小蜜蜂。

但出乎意料的是，蜜蜂居然能够保护自己。它朝僵尸俯冲过去，一个急转身，用蜂刺狠狠地扎着这不死的怪物。**僵尸的身上立刻亮起了红光，显示它受到了伤害。**

“哇哦，看起来很痛呢。”哈珀说。

“只是一点点疼。”摩根说，“一般来说，蜜蜂会通过蜂刺注射毒液，但毒液对僵尸并不起作用。”

“那我得帮帮它了。”哈珀说。僵尸的注意力全集中在蜜蜂身上，**因此哈珀轻而易举地就用剑结果了它。**

“你看到了吗，摩根？”哈珀说，“我和蜜蜂真是一对好搭档！”

但她转身看见摩根正注视着那只蜜蜂。**“它攻击僵尸的时候，蜂刺也掉了。”他说，“没有了蜂刺，它也活不长了。”**

就像摩根说的那样，不一会儿，蜜蜂便从空中坠落，消失在一团尘土中。

“不！”哈珀说，“不要在我们终于有进展的时候发生这种事！”

“我想，这是重要的一课。”摩根说，**“这些蜜蜂需要保护，就像真实世界中的蜜蜂一样。”**

摩根举起一块木头说道：“把蜜脾拿来。在这些蜜蜂遇到更多麻烦之前，我们应该给它们造一个新家。”

第十章

蜜蜂没有周末，但它们也不用做作业！

现实世界终于迎来了周末，哈珀和她的朋友们决定执行一项寻找真相的任务。

哈珀的父母对哈珀的要求感到十分疑惑。“你确定你想要今天去果园吗？”他们问道，**“距离苹果成熟还有好几个月呢。”**

“这就是我想要今天去的原因。”哈珀说，“我对苹果并没有兴趣。我感兴趣的是蜜蜂为苹果花授粉的方式。”

最终，哈珀的父母还是答应了哈珀的请求，在去附近办事之前顺路将她送到了果园。

哈珀的朋友们都在那里等着她，他们已经找到了夏恩先生。**夏恩先生身上的牛仔衣不见了，换成了养蜂服。**他将一个个蜂箱从卡车上搬下来，放在果园的地上。哈珀到的时候，他正在将其中一个蜂箱上的托盘摘下，把上面新鲜的蜂蜜刮到一个玻璃瓶里。**夏恩先生浑身上下都爬满了蜜蜂，但他本人似乎并不在意。**

小波见状，皱了皱眉。“我想上去打招呼的。”他说，“但哪怕那些蜜蜂没有攻击性，我也不想以一敌百。”

“我来吧。”哈珀说着，昂首向前走去，挥了挥手。“嘿！”她说，“夏恩先生！不好意思，我们有重要的事找你！”

西奥咧嘴一笑：“我猜她是认真的。”

“她在蜂茨比的墓前保证过的。”茱迪提醒道，**“没什么比这更认真了。”**

夏恩先生举起一只手，阻止哈珀靠近。接着，他将托盘放回蜂箱，抓起那瓶蜂蜜，这才朝他们走来：“有什么能帮助你们的吗？”

“其实，我们倒是希望能帮助你。”哈珀说，**“你的蜜蜂有麻烦了。我是说，你留在学校里的那些蜜蜂。我们想要找出原因。”**

夏恩先生走近他们，摘下头盔，冲他们微笑，眼角的皮肤都皱了起来。“你们一定是卡尔佩珀博士的学生了。”他说，“她跟我打电话说了这事儿，我把和她说过的话再跟你们说一遍：‘遗憾的是，这些问题在最近很常见。’”他叹了口气，“我失去了好多蜜蜂。”

“为什么？”哈珀问道，**“为什么蜜蜂需要如此之多的帮助才能存活下来？”**

夏恩先生冲她点点头。“我很乐意多告诉你一些。”他说，“不过，我们还是边走边说吧。”

哈珀以前来过果园，但从未见过满树鲜花盛放的样子，真是美丽的景象。“我从没想过，苹果花有那么好看。”她说。

“确实很好看，而且它们也是维持自然平衡的重要部分。”他说，“我相信博士和你们说过这其中的道理。蜜蜂寻找花朵来获取花蜜，这是蜜蜂的食物，也是蜂蜜的来源。但蜜蜂向花朵索取的同时，花朵也会从蜜蜂身上获益。蜜蜂会将采集到的花粉四处传播，这样花就能结果，果子里的种子又能长成更多的树。”他拍了拍身旁的树干，**“这是个不错的系统，循环了数百万年之久。**接着，人类出现了，一切就变得复杂起来。”

小波大声地啃了一口苹果。

“哦。”小波说，“抱歉！我不知道会发出这么响的声音。”

“你从哪里搞来的苹果？”西奥问，“这里还一个果子都没结呢！”

“从杂货店里买的。”小波说。

“啊哈！”夏恩先生说，“看到了吧，这就很有意思了。我们都知道，现在还没到苹果成熟的季节。蜜蜂还在四处传授花粉呢。但是某些地方的苹果就已经成熟了——它们来自另一种气候环境，甚至另一个半球。现在人们已经习惯了全年都能吃到任何想要的水果和蔬菜。”

“唔嗯……那真不错……咕噜……”小波嘴里塞满了苹果，说道。

“不算坏吧，至少大部分时间不是。”夏恩先生说，“相信我，我也很开心能一整年都吃到牛油果。**但有时候，我们优先考虑了自己的需求和便利，却忽视了整个星球的需要。”**他摇了摇头，“事实上，这个果园本不需要我这样的老蜂农，千里迢迢地拉着一卡车蜜蜂过来。这片地区，整年都应该有蜜蜂活跃其中，不需要我的帮助，它们就能一路找过来。然而我们将环境弄得一团糟。你们看到这片野生的植物了吗？”

夏恩先生已经带领他们走到了果园的边缘，那里生长着一片杂乱的野草和野花。

“好混乱！”西奥说着，掏出了他的园艺铲，“需要我来清理一下吗？**我的园艺技术已经越来越熟练了。”**

“你帮我证实了我的观点，孩子。”夏恩先生说，“你觉得这里很混乱，觉得这里需要被清理，**但这就是自然本来的样子！**这也是蜜蜂们所需要的生存环境。”他叹息了一声，“这个小镇上完美的草

地很适合拍照片，但是没有杂乱的野草和各色野花，蜜蜂们只会饿死。还有那些除草剂、杀菌剂和杀虫剂，都是对这些可怜小家伙们的谋杀，字面意义上的谋杀。”

“杀、杀虫剂？”西奥问，“杀虫剂会伤害蜜蜂？”

“当然。”夏恩先生说，“园丁们喷洒杀虫剂来赶跑害虫，但杀虫剂不是只对害虫起作用的，它会伤害到一切生物。”

哈珀看到西奥的脸越来越白。

“怎么了，西奥？”她问。

“伍德斯沃德园艺俱乐部。”他说，“我们就用那些玩意儿。除草剂、杀菌剂、杀虫剂……我们想要打理一下伍德斯沃德的草坪，让它看起来更漂亮。”

“兄弟，”小波说，“石剑图书馆就在学校正对面。**只要一阵微风，这些化学药剂就会飘到图书馆里。”**

“而且我确信，蜜蜂们肯定会忍不住穿过马路，来看看学校里的植物的。”哈珀补充道。

“我看见过它们。”茱迪说，“昨天上课的时候，它们还在教室的窗户外面嗡嗡地叫呢。”

“是我的错，对吗？”西奥说，**“我新加入的俱乐部杀死了那些蜜蜂！”**

第十一章

教师战争——又或许，只是伍德斯沃德中学里传奇而寻常的一天？！

“我去和密涅瓦女士谈谈。”西奥说，“我觉得她会听我的劝告的。”

但他听上去可不像他说得那么有自信。

那是周一的早晨，哈珀和西奥很早就到了学校。他们的任务很简单：**说服密涅瓦女士，不要再在伍德斯沃德中学的草坪上使用高浓度的化学药品。**

但似乎有些事与愿违。

“你们不能把蜜蜂搬走吗？”密涅瓦女士问道。

“这个嘛……”西奥说，“我觉得……”

“我们是可以把那个蜂箱挪走。”哈珀说，“但其实，这牵扯到一个更大的议题。**我们想让蜜蜂在这片地区繁衍壮大，**这样对生态系统也有好处。”

“如果这意味着让整个学校里野草丛生，就不是什么好事。”密涅瓦女士说，“没人想看到这样的场景。你们的父母一定会写来愤怒的投诉信的。一个学校的外观需要体面。”

“可是代价呢？”哈珀问，“来，密涅瓦女士。这是给您的。”**她递给了老师一朵苹果花。**

“花？我没理解。”

“**有这样一个传统，学生要给老师送上亮闪闪的苹果。**但这个时节的苹果一定是从别的国家用碳排放的飞机或轮船运过来的。为了让苹果保持完美的光泽，农夫们大概率会使用化学药剂，还会将有缺陷的果子扔掉。”**哈珀耸了耸肩，**“或许，我们应该满足于当前所拥有的。”

“没错，没错。”一个声音从门外传来。哈珀转头便看见了博士。“我非常同意你的观点，哈珀。现在，我迫切地想看到园艺俱乐部对此会做出怎样的改变。”

“等等，”密涅瓦女士说，**“我还什么都没同意呢。”**

“听完这样一场激情的演讲之后也没有吗？”博士说，“如果你去了蜂茨比的葬礼，就不会这么冷酷无情了。”

“蜂茨比又是谁啊？”密涅瓦女士问道。

“一只逝去的蜜蜂。”博士说，**“它因为园艺俱乐部的杀虫剂而死。”**

“我们眼前有个问题，密涅瓦女士。”博士说，“幸好，我想到了一个解决方案。”

“哦，我都能猜到你的方案是什么了。”密涅瓦女士捏了捏鼻梁，“一台有锋利的刀片和轮子、在学校里四处乱跑的机器？”

“我会称它为‘全自动园艺机’。”博士争辩道。

“我诚挚地希望你别用机器人来取代我的学生们。”密涅瓦女士说道。

“我想取代的是你用的那些化学药剂。”博士说，“我说，你的鼻子有多敏感？因为我有一种新的肥料配方，但是味道很刺鼻……”

哈珀几次想要插嘴，但两位老师都全神贯注于她们的辩论之中。博士试图向园艺俱乐部推荐一种更为绿色的工作方式——**或许技术上也更**

硬核。但她似乎用力过猛了，密涅瓦女士丝毫不相信她所依赖的那些科学技术。

哈珀和西奥悄悄溜出教室的时候，老师们甚至没意识到他们已经走了。

第十二章

记住这些拼字蜜蜂！
前提是有人（包括蜜蜂）能活下来……

另一边，《我的世界》里发生的事要比现实里好太多，这让哈珀很欣慰。

“就是这个！”茱迪举起了一朵亮蓝色的矢车菊，“这是森林修复计划所需要的最后一朵花了。现在，每种材料我们都至少有一样了。”

“兰花除外。”西奥说，“它们只长在沼泽里，距离这里还是太远了。”

“还有向日葵。”摩根说。

“哦，还有凋零玫瑰。”西奥补充道。

茱迪眯起了她的眼睛：“你们也太一板一眼了。

我的意思是，我们终于完成了收集花朵的工作。**西奥和我也已经完成了繁花森林生物群系的设计，最大程度上保证了美观。”**

西奥咧嘴一笑。“其实，我们是受到了果园的启发，那里的树都排列得整整齐齐。我们也想让我们的森林井井有条。”他转向哈珀说道，“我觉得，你会喜欢它现在的样子的。”

但当哈珀看到森林的模样时，**她发现自己完全喜欢不起来。**

“这……挺好。”她说。

但她骗不过西奥。

“怎么了？”他问，**“出什么问题了？！”**

哈珀注视着眼前的鲜花，每一朵都按颜色排列得整整齐齐。看起来是还不错，只是完全不像繁花森林生物群系——与其说是自然空间，不如说是个花园。

“我觉得，不应该太担心森林的外观。”哈珀

建议道，**“我们应该多想想，蜜蜂们需要什么。”**

“她说得有道理。”摩根说，“只有在附近有花的时候，蜜蜂才会筑巢。要做到这一点，我们得把其中一些鲜花挪个位置。”

西奥扶住了额头。“我又做错了，对吗？我犯了和现实世界里一样的错！”他摇了摇头，“我就是喜欢对称和有序，就是喜欢整洁而有条理的东西。”

“我知道。”哈珀说，“这在编程和实验中非常有用，打扫房间时也一样！”她用手臂环住了他，**“但大自然不介意来点儿小小的混乱。我们应该学会接受这个事实。”**

西奥叹了口气：“严格来说，这并不是大自然，只是一堆随机代码生成的再造世界。”就在哈珀要发作的一瞬间，西奥狡黠一笑，赶紧补了一句，“但我明白你的意思。”

“你们谁说什么我不知道。”茱迪说，“只要把黄色的花放在紫色的旁边就行了，可以吗？这两

个颜色是互补的！”

最后一朵花也摆放到位，森林终于再度复苏。

哈珀看见出现了小鸡、一只兔子……还有蜜蜂！

他们终于成功繁殖出了一大批蜜蜂，并为它们建好了家。

“来了。”她说，“那只蜜蜂又在画 P 字，然后是 R……O……T……”

“哎呀，等等！”茱迪说，“那边儿有蜘蛛！确切来说有两只。”

哈珀转头望去，茱迪说得没错。有两只蜘蛛正在一旁的树后面迅捷地移动。

“应该没事的。”西奥说，**“现在还是白天，它们不会有敌意的。”**

“但等太阳落下去就不一样了。”摩根说，“如果它们和蜜蜂打起来，我们可能就会前功尽弃了。

“茱迪和我可以解决这些蜘蛛。”小波说，“轻轻松松。老实说，相较于看蜜蜂拼字，我更乐意去打架。”

“行吧。”摩根有些勉强地说道，“如果需要帮助就喊一声。”

“你懂我的。”小波说着，拔出了剑，“我一有麻烦就喊得特别大声。”

“有时候没有麻烦也喊得很大声！”茱迪边说边跟在他身后跑去。

哈珀一只眼睛盯着她的伙伴们，一只眼睛盯着蜜蜂。它们又拼了个 E……然后是 C……

“它们想让我们保护什么人。”哈珀说，“或者什么东西。”

“看！”小波说着，**开始向其中一只蜘蛛射箭。**

“呃，事实上，我们可能需要点儿帮助。”茱迪说，“这里……好像有很多……”

“我来吧。”摩根说，“打蜘蛛还不简单。”他挥舞着剑，加入了战斗。

“我们要去帮忙吗？”西奥问道。

“你去吧。”哈珀说，**“我来看看蜜蜂们想要说点儿啥。”**

“保护……什么东西？”西奥说，“你知道了就告诉我！”接着，他也加入了混战。

哈珀用余光扫视了一圈。附近的确忽然又出现了许多蜘蛛。它们都是从哪里来的呢？

幸好，她的朋友们都在尽职尽责地战斗。**蜘蛛们丝毫没有接近蜂群的机会。**而蜜蜂们正接二连三地向哈珀展示它们的舞姿。

终于，完整的信息出现了，虽然其中的意义并不明确。

“保护平衡？”最后一只蜜蜂也结束了舞蹈，哈珀脱口而出，“保护什么平衡？“

哈珀还没来得及弄清其中的含义，蜂群中就发生了令人震惊的变化。

蜜蜂们的眼睛都变红了。

它们的嗡鸣声也越来越响。

其中一些蜜蜂将毒刺对准了她。

“嘿，伙计们！”她大喊道，“这里有麻烦了！”

“我们有点儿忙！”小波也大喊着回应。

哈珀这才意识到，她被困在了满含敌意的蜘蛛和愤怒的蜜蜂之间，**两种昆虫都以迅雷不及掩耳之势向她扑来！**

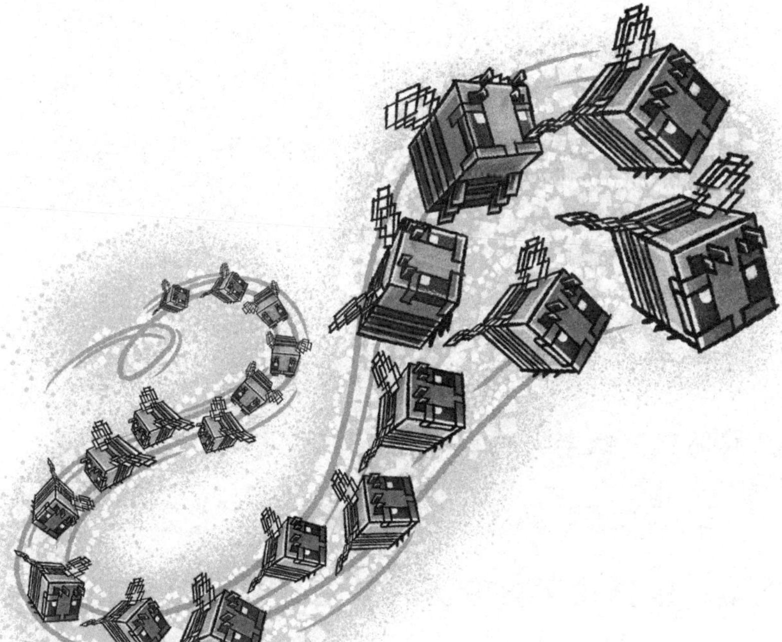

第十三章

愤怒的蜜蜂请站我左边！
蜘蛛站右边！
（至少这样有对称美了！）

哈珀以最快的速度跑到了朋友们身边。

但这样的速度仍不足以让她躲掉来自背后的叮咬。

“好痛！”她惨叫一声，感受到了蜜蜂的毒液正在让自己虚弱下来。更糟糕的是，她知道蜇了自己的那只蜜蜂会死去。

她可不想看到这样的事情发生。她不想与蜜蜂为敌，毕竟花了好多天才将它们从毁灭的边缘

拉回来呢！

“你做了什么？”摩根问。

“什么都没做！”哈珀说，她举起盾牌，挡住了一只俯冲下来的蜜蜂，“它们传达了信息，然后忽然就红了眼。”

摩根用手狠狠地将附近的蜜蜂拍走，显然是害怕用剑会造成过多的伤害：“它们传达了什么信息啊？”

“保护平衡。”哈珀说，**“所以它们发狂是因为我们没有保护平衡？”**

“呃。”小波也在用手驱赶着蜜蜂，“茱迪和我确实引发了一场森林火灾。”

“我们对此感到很抱歉！”茱迪正被一大群愤怒的蜜蜂追赶，只好边绕着圈子跑边说。

“但我们已经弥补了损失。”西奥说，“我们恢复了平衡。它们也应该原谅我们了。”他正全神贯注地躲避着蜜蜂，丝毫没注意到背后来自蜘蛛的偷袭，“哎呀！这也太荒唐了。这些蜘蛛都是哪儿来的？”

“我觉得它们是从那个洞里来的！”茉迪边跑边用肩膀示意，“那边！”

西奥和哈珀从蜘蛛群中一路杀出来，赶紧往茉迪示意的方向跑去。他们找到了那个洞，而里面……“是个地牢。”西奥说，**“一定是我们在重建森林的时候意外挖出来的。”**

“里面还有个刷怪笼。”哈珀说。一片黑暗中，她看到了那簇晃动的火苗。只要他们将现有的蜘蛛击败，就会有新的蜘蛛源源不断刷出来。

“我得摧毁它。”西奥说，“这样至少能解决蜘蛛。”他将

手中的剑换成镐，然后挖了一个更大的洞，好让自己轻松地下到刷怪笼旁边。

他举起镐，准备摧毁它。

就在那时，哈珀大喊一声：**“快停下！”**

西奥停住了，但他感觉非常困惑，“为什么要停下？”他问道，手中的镐堪堪停在蜘蛛刷怪笼上。

“蜜蜂的信息。”哈珀说，“平衡。**我们在打破平衡**！我们没有任何权力像这样去攻击蜘蛛。我

们挑起战争，就像我们引发火灾一样。”

“那现在我们能做什么呢？”西奥问。

“我们可以离开。”哈珀说，“我们已经将繁花树林生物群系重建好了，现在我们该任由它去了。”

西奥信任哈珀的判断，但摩根对这个计划却颇有微词。“这就像是我们主动撤退了。”他说，“就像是我们投降了。”

就在那时，**又有一只失去了毒刺的蜜蜂跌落在他脚边**，这让他重新考虑了一番。“但很明显，我们这么做会再次导致蜜蜂们的悲剧。”他叹了口气，“行吧，我们走吧。”

哈珀和她的朋友们以最快的速度逃离了森林。很快，蜘蛛们放弃了追逐，仇恨值消失了，它们也退回去忙起了自己的事。而蜜蜂们则追着他们，一路来到了森林边缘。

“说不定，等我们跑到针叶林生物群系，它们就不追了。”小波说。

然而，当他们再度抬头时，蜜蜂已经飞过了繁花森林生物群系的树梢，黑压压地涌来。蜂群如乌云般旋转翻滚，最终朝着孩子们笔直地冲下去。

哈珀举起了她的盾牌，准备迎战……

然而那蜂群并没有发起攻击，而是以一种复杂的队形舞动着，再次拼成了人形。它们扇动翅膀的嗡鸣声震

耳欲聋，但下一秒，一切都有序起来。

嗡呜声再次化作了人声。

“嗡嗡……谢谢你们……”那个声音说，“重建……尊重……保护了……平衡……嗡嗡……”

哈珀上前一步，试图与眼前的“人”对视，但它并没有眼睛。或者说，其实，它有太多双眼睛。

数十只蜜蜂都在看着她。

“不……不用谢。”她说，“未来，我们会更谨慎的……我们非常爱这里！”

“我们想要修复断口！”西奥也上前一步补充道，“拜托了，**你们能帮帮我们吗？”**

“嗡……找……傀儡……”蜜蜂们说道，“找到傀儡……不然……嗡……”

信息传达完毕，嗡嗡响的蜂群忽然化作了一道光……然后，变成了大唤魔者缺失的手臂。

五彩斑斓的蝴蝶们将大唤魔者的手臂轻轻放在哈珀伸出的手上。在彼此触碰到的一瞬间，蝶群忽然消散了。

第十四章

皆大欢喜……

除了空中的那个大洞。

几天后，哈珀穿着新 T 恤参加了一堂课后庆典。**作为伍德斯沃德园艺俱乐部的最新成员，**她想要展示出一些集体荣誉感。

“感谢各位的到来。”雪莉·希尔瓦站在伍德斯沃德中学的新花园前说道。哈珀希望，这之后还会有更多花园出现。

雪莉继续她的发言。“作为班长，我很荣幸能够主持本校第一个野生花园的开幕仪式。这个花园内绝不使用任何化学药剂，园内的植物和鲜花都在自由生长——**但园艺俱乐部仍然会继续发光发**

热。园艺俱乐部计划将更环保的园艺方法推广到整个伍德斯沃德中学，这个花园只是第一步。”

“我们选择栽种的都是本地的植物。”密涅瓦女士补充道，“伍德斯沃德中学园艺俱乐部将会坚持徒手除草——而不是使用化学药剂或者机器人。”她笑了，“但是卡尔佩珀博士在提升土壤营养方面，确实为我们提供了宝贵的意见。**所以我可以说，我们已经将过去的冲突深埋脚下……就像我们埋下了许多球茎一般，它们来年春天就会开花！”**

密涅瓦女士用园艺剪刀完成剪彩时，人群沸腾了。她又笑了，哈

珀知道是为什么：虽然花园里的植物都在野蛮生长，但它们也受到了精心的照料。西奥和俱乐部的其他成员不再借助强大的化学药剂来让花园变得“好看”，而是使用纯粹的人力和传统的方式，用手除草。**这需要许多人来帮忙。**

这就是哈珀主动加入了俱乐部的原因。

这也是为什么，**她在花园前给了西奥一个大大的拥抱。**

“谢谢你说服了密涅瓦女士。”她说，“我

知道她不会后悔的。”

西奥脸红了：“至少我绝对不会后悔。”

“但是，”哈珀说着，从密涅瓦女士手中接过了园艺剪刀，**“我确实想把我们使用的设备变得更高效。**我打赌博士肯定有一些不错的科技，能让这剪刀更好用。”

密涅瓦女士用手理了理头发：“咱们先别胡闹啊，哈珀。”

博士此刻正在街对面，帮着夏恩先生取回石

剑图书馆里的蜂箱。她将哈珀叫过来与夏恩先生告别。

“明年这个时候，我还会回来的。”夏恩先生说，“在我回来之前，吃点儿本地的苹果，顺便想念一下我的蜜蜂，如何？”

“我们会的。”哈珀保证道，**“只是蜜蜂不能留下来，让我有些难过。”**

“说到这个，”夏恩先生说，“你和你的朋友们把它们照顾得很好，所以我想送你们一件礼物。当然，我不可能将整个蜂箱都留下……”**夏恩先生将蜂箱里的托盘摘下，**递给博士，上面还趴着好几只蜜蜂，“但我可以送你们几只蜜蜂，包括这只新蜂后。这样就足够你们创建新的蜂群了。”

哈珀惊喜地倒吸一口气。**“我们会好好照顾它们的。”**她保证道。

“整个园艺俱乐部都会通力合作，保证它们的幸福和安全。”西奥说，“它

们想要什么花，就会有什么花。”

“这正是我想听到的。”夏恩先生说。将蜂箱安置妥当后，他爬上了卡车的驾驶室。防水布已牢牢地盖好，哈珀知道，**底下的蜜蜂们已经准备好开启下一段冒险了。**

而在家里，也有许多冒险正在等待着她。她很高兴那些蜜蜂——至少是一部分蜜蜂，会留下来。

然而，回到《我的世界》之后，哈珀很快就将现实里圆满的结局抛到脑后，因为天空中那个巨大的断口依然存在。

“断口越来越大了。”她说，“我从没想过会发生这样的事。”

“我担心，如果整个天空都裂开，会发生什么可怕的事情。”西奥眺望着整个主世界，说道，“它会一直延伸到我们脚下吗？”

“不会到那一天的。”摩根说，**“我们会找到办法的。”**

“我相信你，摩根。”小波说着，伸手指了指，“因为我刚看到那边飞过一只蝴蝶。”

“已经出现了吗？”茱迪说，“我们太幸运了！”

他们一起穿过树丛，朝蝴蝶追去。

在那里，**一大群蝴蝶正围绕着一个熟悉的物体，**挥舞着它们五颜六色的翅膀。

“太幸运了！”哈珀说，**“这是通往下界的传送门。”**

“我想，我们知道该去哪里找傀儡了。”摩根说，**“无论有没有准备好……我们都要出发了。”**

《我的世界》是一款沙盒类的冒险游戏。在由山脉、洞穴、海洋、丛林和沙漠组成的无限世界中尽情建造、玩耍和探索吧。击败成群的僵尸，烘焙你梦想中的蛋糕，冒险进入新的维度，或建造一座摩天大楼……在《我的世界》中，一切都由你来决定。

尼克·埃利奥普洛斯是一位住在布鲁克林的作家,许多作家也都定居于此。空闲时,他喜欢将一半时间用于阅读，一半时间用于打游戏。他和他最好的朋友一起合作完成了《冒险家公会》系列小说。同时，他还是一家视频游戏工作室的剧情策划。无论过去多少年，末影人仍然会让他起一身鸡皮疙瘩。

艾伦·巴特森是一位英国漫画家和插画师。他的作品包括《金色童书：关于〈星球大战〉的一切》《是盖伊总会发光的！》《蜘猪侠》。他是魔方的狂热爱好者，也喜欢去异国旅行，最近开始将自己的天赋运用到和《我的世界》相关的图书上。

克里斯·希尔是一位插画师，他和他的妻子以及两个女儿已经在英国伯明翰生活了二十五年。不工作的时候，他会和家人们待在一起，也会试图让他的狗狗在经历长途跋涉之后筋疲力尽。在那之后，如果还有闲暇时间，他会骑上他心爱的摩托车，一边享受风从脸上呼啸而过的感觉，一边思考下一次的插图冒险。